UN SEUL
EST TOUT SEUL

Britta Teckentrup

casterman

Il fait très chaud, le soleil brille !
Et si nous mangions une glace ?
Parfum pistache ou bien vanille ?

Chaque cornet a son jumeau,
Sauf un resté tout seul,
Qui fondra en solo.

Ces oiseaux noir et blanc
Sont de charmantes pies
Qui sans cesse jacassent,
Sautillent et pépient.

Chacune a dans son bec
Le même objet qu'une autre,
Sauf une pie qui mord
Un unique trésor.

Les avions de couleur volent dans les nuages,
Car le ciel aujourd'hui se prête au pilotage !

Ces avions, en tandem, font le tour de la Terre.
Peux-tu voir lequel est à nul autre pareil ?

Dans la cour de la ferme,
Les tracteurs font de la fumée.
Ils roulent, leurs roues tournent
Et leurs moteurs sont surchauffés.

J'en compte deux de chaque,
Mais vois-tu l'exception ?
L'un d'eux est différent,
Prête bien attention.

Les petites abeilles aiment se régaler
De cerises dodues, rouges et bien sucrées.

Chacune des abeilles
Est pareillement belle,
Mais vois : l'une des grappes
N'a pas de sœur jumelle.

Sur ces champignons rouges,
Les pois sont toujours blancs,
Mais pour les coccinelles,
Le noir est plus seyant.

Chaque champignon trouve ici son partenaire,
Sauf celui qui n'existe qu'en un exemplaire.

« Cui-cui ! Cui-cui », gazouillent les oiseaux,
Heureux de leurs logis, neufs et si beaux.

Chacun des volatiles a son jumeau,
Mais vois-tu qui reste seul, le cœur gros ?

Au cœur de la forêt,
Les oiseaux sont nichés.
Ils aiment sur leurs branches
Chanter et puis siffler.

Chaque arbre en abrite un,
Ou même deux ou trois,
Hormis celui dont l'hôte
N'a rien à faire là !

Dans les rayons du magasin,
Les nounours te sourient.
Chacun a son ami,
Car tous ont un sosie.

Oui mais regarde bien :
Il y a un orphelin !
Ce pauvre doudou-là
A besoin d'un câlin.

Avec ces cubes de couleur,
Tu peux bâtir, jour après jour,
De très jolies maisons ou de très hautes tours.

On trouve une copie pour chaque construction,
Cherche celle qui n'a pas de reproduction.

Ces élégants chats noirs au poil lisse et brillant
Miaulent et ronronnent tout en se pavanant.

Ils sont très contents d'eux et chacun a son frère,
Excepté un matou tout à fait solitaire.

L'automne est arrivé,
Les feuilles sont tombées !
Une foule de bêtes
Viennent s'y promener.

Chaque feuille a son double,
À part l'une d'entre elles.
Distingues-tu laquelle ?

Les crayons de couleur,
En rang, bien alignés,
Sont parfaits pour écrire,
Ou bien pour dessiner.

Orange ou jaune, bleu ou vert,
Chacun est accouplé.
Un seul a perdu son compère :
Peux-tu le repérer ?

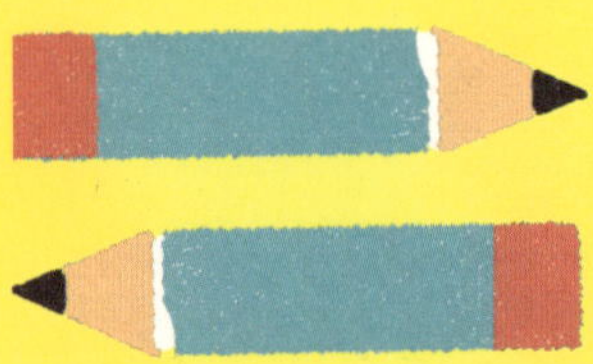

Sur le fil elles sèchent,
Les chaussettes mouillées !

Dans cette jolie frise,
Ce ballet coloré,
Trouveras-tu la paire
Qui est dépareillée ?

Chaussettes et tracteurs,
Cerises et cornets,
Pour la dernière fois,
Les voici rassemblés.

Alors, à toi de jouer !
Associe chaque paire :
Tu verras qu'à la fin,
Il reste un solitaire !

Première publication au Royaume-Uni en 2016

par Big Picture Press, un département de The Bonnier Publishing Group,

sous le titre : *One is not a pair*

www.casterman.com

Achevé d'imprimer en novembre 2016, en Chine.

Dépôt légal : mars 2017 ; D.2017/0053/112

Déposé au ministère de la Justice, Paris (loi n°49.956 du 16 juillet 1949 sur les publications destinées à la jeunesse).

ISBN : 978-2-203-12217-8

N° d'édition : L.10EJDN001705.N001